RINO DETECTIVE

Y EL PINGÜINO DESAPARECIDO

edebé

© 2013 del texto, Pilar Lozano Carbayo
© 2013 del texto, Alejandro Rodríguez
© 2013 de la ilustración, Claudia Ranucci

© Edición cast.: EDEBÉ, 2013
Paseo de San Juan Bosco 62
08017 Barcelona
www.edebe.com
Atención al cliente 902 44 44 41
contacta@edebe.net

Dirección editorial: Reina Duarte
Editora: Elena Valencia
Gestión editorial: Elisenda Vergés-Bó
Diseño de la colección: Book & Look

2.ª edición

ISBN 978-84-683-0858-6
Depósito Legal: B. 10251-2013
Impreso en España

RINO
DETECTIVE
Y EL PINGÜINO DESAPARECIDO

PILAR LOZANO CARBAYO
ALEJANDRO RODRÍGUEZ

ILUSTRACIONES DE CLAUDIA RANUCCI

edebé

RINO DETECTIVE

Vivo en el zoo, un lugar aparentemente muy tranquilo..., aparentemente, porque ¡siempre hay algún caso misterioso que resolver!
Y entre caso y caso, me dedico a mis actividades preferidas: cuidar de mis magníficos **CUERNOS**, jugar al ajedrez, **MEDITAR** y, sobre todo, ¡meter las patitas en mi estupenda **CHARCA** bien embarrada! ¡No hay nada como un buen baño!

PACO PAPAGAYO

Soy ayudante del detective Rino, porque, si no fuera por mí, ¿cómo iba a investigar Rino? Es listo, pero es taaaaan lentooooo.
Yo soy **RAPIDÍSIMO** y me puedo meter sin que me vean en cualquier agujero.
Miro, escucho, espío...
Sí, vale, soy un poco **DESPISTADO** y, sí, también soy muy **NERVIOSO**, pero es que me altero porque ¡es tan emocionante ser detective!

CAPÍTULO 1
SIMPLEMENTE, RINO

¡ATENCIÓN!
AQUÍ VIVE RINO,
RINOCERONTE DETECTIVE
Se resuelven casos fáciles, difíciles y dificilísimos

Bajo este cartel estábamos mi buen amigo Paco Papagayo y yo esperando inútilmente la llegada de algún cliente. Pero ¿qué clase de zoo era ese? ¡No había robos, asesinatos, desapariciones, espionaje!

Cada tres horas se encontraban los dos vigilantes de la zona delante de mi parcela y se decían:

—Todo en orden.

«¡Qué falta de emoción!», pensaba yo. «Está claro que en un lugar tan pacífico mi profesión no va a tener éxito».

A punto estaba de descolgar el cartel, cuando vimos avanzar por la avenida a una espectacular *pingüina*. ¡Qué andares!

Al llegar frente a nosotros nos miró, se paró y se dio la vuelta.

Retrocedió.

Dio **3** pasos a la izquierda.

Se volvió…

—Pero ¡bueno! ¿Qué pasa? ¿Es o no es nuestro primer cliente? —me preguntaba con impaciencia.

Paco Papagayo no pudo más. Voló hacia ella, se posó en su hombro y le habló al oído. Vi cómo la *pingüina* bajaba la cabeza, asentía y de manera obediente seguía a Paco. ¡Habíamos conseguido un cliente!

Dos minutos más tarde la *pingüina* Carola estaba sentada frente a la mesa de mi despacho. Es decir, en la piedra de enfrente.

—Estoy preocupadísima, señor **RINACERANTE**...

—**RI-NO-CE-RON-TE**, señor **RINOCERONTE** —le corregí.

—Eso, señor **RONICERONTE**, tres días sin aparecer…

—Perdón, **RINOCERONTE**. Me llamo **RI-NO-CE-RON-TE** —interrumpí de nuevo.

—Y todo por una tonta discusión… Me temo lo peor, señor **RONICIRONTA**.

—Simplemente, **RINO**, llámeme Rino —dije rendido.

—Pues sí, señor **RONI**, mi hijo Carloto no aparece por casa desde el lunes. Hoy es jueves… ¡Estoy desesperada! ¿Me ayudará usted?

Y esto lo dijo la *pingüina* Carola con una caída de ojos y unos pucheros… Siempre he tenido debilidad por los pingüinos. Son gente pacífica y tienen esa manera de caminar tan graciosa. Y más graciosa todavía la de Carola.

—Sí, sí, investigaremos, pero no llore, por favor. Cuéntenos lo ocurrido.

Carola lanzó un largo suspiro y nos dijo:

—¡Ay, mi hijo!, señor **RENO**, ¡no sabe cómo es! El lunes pasado se levantó de la cena muy enfadado con su padre porque le había prohibido salir de noche con los amigos. Se subió encima de la silla y gritó: «¡Un día me escaparé para siempre!». Y a continuación salió del comedor.

—¿Y?

—Y ¿qué?

—¿Cómo qué? ¿Que qué más pasó?

—¡Ay, ay, qué pena! Pasó que no he vuelto a verle desde ese día.

—¿Se escapó de casa?

—No. Se fue a la cama. Y cuando entré en su habitación a darle un beso de buenas noches, vi que dormía tapado hasta la cabeza y salí del dormitorio sin despertarlo. A la mañana siguiente, no se levantaba, así que entré y tiré de la manta y entonces…

Carola empezó de nuevo a lloriquear. Paco Papagayo la interrumpió, sin miramientos:

—O deja de llorar o la despedimos como clienta. Así que vamos al asunto. Siga.

—Entonces, vi, vi… ¡Ay, señor **RONI**! ¡Usted sí me comprende! —dijo, mirando con desconfianza a Paco Papagayo.

—La comprendo, la comprendo, pero dígame ¿qué vio?

—Pues ese es el problema, que no vi nada. Nada de nada. Allí, bajo las sábanas, no estaba Carloto. Solo su almohada.

Paco Papagayo, con los ojos fuera de las órbitas, dio un grito:

—Rino, esto es realmente muy muy misterioso. ¿Un pingüino convertido en almohada?

Miré a Paco, pensando si ese era realmente el ayudante adecuado para un detective, cuando vi que rectificaba y le decía a Carola:

—Verá, bien mirado, quizás no se haya convertido en almohada… sino que, déjeme que piense, a ver, a ver… Estoy pensando… Estoy pensando ¡que fue él quien puso la almohada debajo de las sábanas para engañarla y se escapó!

Paco me miró con una mirada triunfante. Le di la razón con un gruñido. Feliz, revoloteó por encima de Carola y le dijo:

—No se preocupe, lo encontraremos, ¿verdad, Rino? Lo encontraremos… a no ser que le haya pasado algo gravísimo.

Al oír esas palabras, Carola simplemente se desmayó.

Volvió en sí cuando le tiramos sobre la cabeza un buen cubo de agua fría. La tranquilicé y le hice una promesa:

—No se preocupe, Carola, dedicaré todo mi tiempo, valentía e inteligencia a buscar a su hijo.

—Gracias, **RONO**… Y verá, ¿cuánto me va a costar, señor **RENO**? —me preguntó.

Me quedé pensativo. Se trataba de una madre desesperada, ¿qué podía cobrarle?

—Me daré por bien pagado —le dije— si se aprende mi nombre como es debido: **RINO**.

—¿**RINO**? ¿Señor **RINO**? ¿Así de fácil? Eso está hecho. ¿Por qué no me lo dijo antes, señor **RONI**?

Parecía que Carola no iba a ser una clienta fácil.

Salió limpiándose las lágrimas con un pañuelo de color naranja que hacía juego con su pico.

¡Qué gracia tienen los pingüinos!

CAPÍTULO 2
DOS SOSPECHOSOS

Paco daba vueltas alrededor de mi cabeza preguntándose sin parar:

—¿Qué hacemos? ¿Qué hacemos? ¿Cómo se investiga? ¿Qué hacemos?

Me estaba volviendo loco. Puse, con un fuerte golpe, mi pata sobre la mesa y le dije que lo primero que había que hacer era pensar. Y eso requería silencio.

Nos quedamos mirándonos, sin hablar, y con cara de pensar muy intensamente, hasta que llegué a la conclusión de que era más conveniente actuar que pensar. Se imponía visitar a la «pandilla» de las salidas nocturnas de Carloto.

Mi sorpresa fue enterarme de que los amigos de Carloto no eran otros pingüinos.

No. Al parecer Carloto solía relacionarse con la jirafa Pepa y el canguro Benito. Los **3** amigos salían todas las noches y regresaban en silencio a sus casas a altas horas de la madrugada. Nadie sabía adónde se dirigían.

¡Qué misterio! ¿A qué se dedicaban?

—Vamos a interrogarlos, Paco —dije con determinación.

Nos encontramos a la jirafa Pepa comiendo las hojas de un árbol. Su cabeza estaba en lo más alto de la copa, muy muy lejos de mis orejas, que apenas podían oír lo que decía.

Paco tuvo que volar y posarse en su cabeza. Allí en lo alto estuvieron de cháchara, mientras yo esperaba tumbado en la hierba.

Ya me estaba quedando dormido cuando Papagayo bajó a repetirme la conversación que había tenido con la jirafa:

—¿Dónde está Carloto? —le he preguntado a la jirafa Pepa.

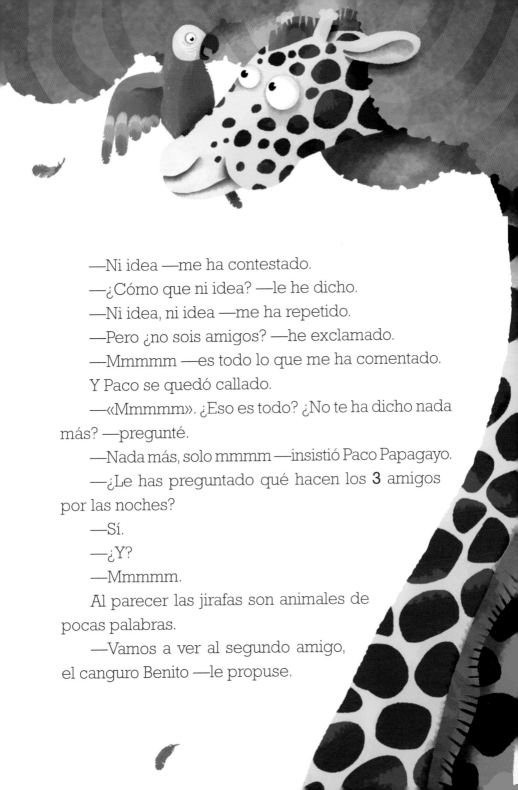

—Ni idea —me ha contestado.

—¿Cómo que ni idea? —le he dicho.

—Ni idea, ni idea —me ha repetido.

—Pero ¿no sois amigos? —he exclamado.

—Mmmmm —es todo lo que me ha comentado.
Y Paco se quedó callado.

—«Mmmmm». ¿Eso es todo? ¿No te ha dicho nada
más? —pregunté.

—Nada más, solo mmmm —insistió Paco Papagayo.

—¿Le has preguntado qué hacen los **3** amigos
por las noches?

—Sí.

—¿Y?

—Mmmmm.

Al parecer las jirafas son animales de
pocas palabras.

—Vamos a ver al segundo amigo,
el canguro Benito —le propuse.

El canguro Benito ni «mmmm». No contestó ni a una sola de nuestras preguntas. Yo lo miré fijamente a los ojos, con mi terrible cara de enfado, pero fue inútil.

—Les ruego que se vayan de inmediato —dijo sin inmutarse—. Estoy practicando mis ejercicios de salto, ¿ven?

Y dando un impresionante brinco, desapareció por detrás de la casa del oso panda.

La jirafa Pepa y el canguro Benito me parecieron muy sospechosos. Había que espiarlos.

Esperamos a que cayera la noche. Paco Papagayo remontó entonces sigilosamente el vuelo con la misión de vigilarlos.

Yo, que es difícil que pase desapercibido y soy —hay que reconocerlo— un poco lento caminando, sencillamente me tumbé a esperar. Pasaron los segundos, los minutos, las horas… y caí dormido, sin que Paco hubiera regresado.

Estaba en medio de una horrible pesadilla. Soñaba que me habían llevado a la sabana africana… Estaba solo… y no encontraba nada para comer ni dónde bañarme… De pronto me despertó un terrible picotazo en mi oreja.

Sin duda, se trataba de Paco, mi ayudante.

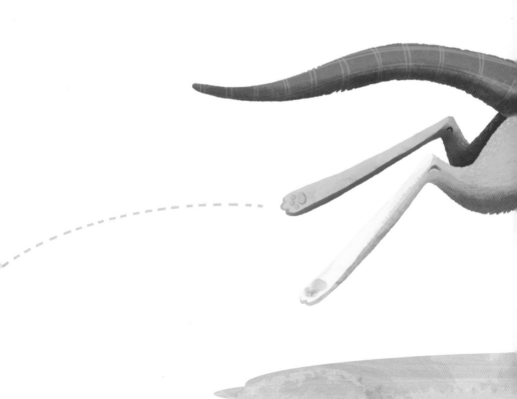

CAPÍTULO 3
GATO ENCERRADO

—¿Qué? ¿Qué han hecho?¿Qué ha pasado? —le pregunté impaciente a Paco.

—¿Qué ha pasado? ¡Han pasado horas! Horas y horas. Eso es lo único que ha pasado —me respondió.

Y con un enorme bostezo, se quedó dormido.

Lo desperté con un rugido. Vio mi cara de enfado y se excusó:

—Bueno, es que no ha pasado nada. ¡Son aburridísimos!… Estoy agotado —me contestó con un bostezo aún mayor.

Empezó a cabecear. Le tengo mucho cariño, pero su actitud me obligó a amenazarlo:

—O te despiertas ahora mismo y me informas, o te **DESPIDO** de ayudante de detective.

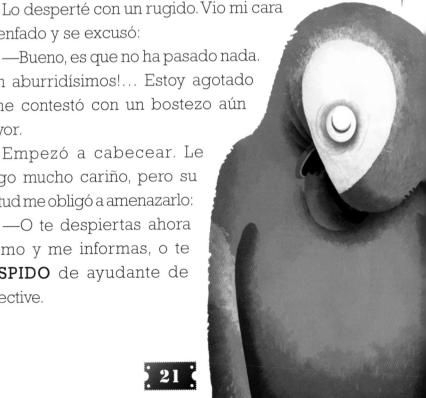

Paco reaccionó inmediatamente:

—Nada, Rino, no han hecho nada. Se han ido juntos por la avenida y, a escondidas, han entrado en la biblioteca.

—¿En la biblioteca? —exclamé con sorpresa.

—Sí, sí, Rino, como lo oyes, he dicho biblioteca, no discoteca…, porque los que sí estaban en la discoteca eran los monos que…

—Pero ¿qué han hecho? —le interrumpí.

—¡Huy…, tienen un ritmillo! Venga a divertirse bailando.

—¿Bailando en la biblioteca?

—Vamos a ver, Rino, los que bailaban eran los monos y los que estaban en la biblioteca eran la jirafa Pepa y el canguro Benito….

—¿Y?

—Pues que son muy aburridos y la música de los monos sonaba así como… «tara, tara rara».

Paco Papagayo tiene tendencia a irse por las ramas. Una severa mirada mía bastó.

—Bueno, no te enfades. Es que no ha pasado nada interesante. Han entrado en la biblioteca y se han estado tooooooooooooda la noche leyendo libros. Nada más.

—Raro, raro, raro… —murmuré yo pensativo—, muy raro. ¿Y no hablaban?

—Casi nada. Solo de vez en cuando uno decía: «¿Has visto este? ¡Fascinante!», y el otro contestaba: «Pues el mío, mira ¡qué precioso!». Y después, silencio, y solo se oía el pasar de las páginas. Dejaban un libro

y buscaban otro. Y así toda la noche…, y mientras tanto, los monos de juerga y yo allí aburriéndome.

—¿Y?

—¿Y?…, pues que al cabo de unas horas, cerraron los libros y, sencillamente, se dijeron: «Hasta mañana».

—¿Ya está? ¿Eso es todo?

—Todo.

—Pues, Paco, si solo es eso, la verdad es que no parecen sospechosos… Hummmm… Ellos no, pero en esos libros, sin duda, ¡hay gato encerrado!

CAPÍTULO 4
EL MUNDO, ¡QUÉ INQUIETANTE!

Por la mañana, antes de que el zoo abriera sus puertas, me di una vuelta por la biblioteca.

Había cientos de libros y los que estuve hojeando me pusieron muy nervioso.

Esos libros, con muchas fotografías, explicaban dónde y cómo vivían los animales. Los animales de fuera del zoo, quiero decir, y allí lo decía bien claro. ¡Los animales tienen que salir todos los días en busca de alimento!

Sentí pena por ellos y deseé que trajeran a todos los rinocerontes del mundo al zoo, donde se nos sirve a diario la comida ¡y sin pedirla!

Fuera de eso, no descubrí ninguna pista que me ayudara a resolver el caso.

Desperté a mi ayudante, Paco Papagayo, que seguía durmiendo, ahora, sobre mi silla.

Juntos recorrimos toda la avenida principal, casa por casa, preguntando si alguien había visto al pingüino Carloto en los últimos días.

No fue una investigación fácil.

—Yo nunca cierro los ojosssss, pero solo veo lo que me interesssssa… comer. Y los pingüinosssss me dan escalofríosssss solo de pensar en ese bocado. ¡Qué manjar tan helador! —ssssissssseó la serpiente Sibilina, con su manera de hablar.

—¿Un pingüino? ¿De esos que se mueven así-así? —me respondió el chimpancé imitando clarísimamente a Carola.

—Sí, sí —le respondí animado—. ¿Has visto alguno últimamente?

—Pues no, pero me encantaría, podría jugar con mis amigos a ver quién lo imita mejor... Mira, mira, Rino, ¿qué tal lo hago?

Hacerlo, lo hacía bien, pero no quise reconocerlo. Mi investigación era un asunto muy y muy serio y el chimpancé solo quería guasa.

Me dirigí a la tortuga.

—Voy a cumplir casi cien años y ¿a esta edad me voy a dedicar a vigilar pingüinos? ¡Bastante tengo con acarrear esta enorme concha!

La miré. Realmente debe de ser agotador llevar la casa a cuestas.

Me disculpé y me dirigí a sus vecinos los cocodrilos. O estaban dormidos como troncos o sordos perdidos. Ni se inmutaron.

Ya me retiraba desanimado, cuando el koala, que se pasa la vida subido a un eucalipto, me dijo que le había parecido ver días atrás un animal con la tripa blanca saliendo a escondidas del zoo.

¡Al fin, una pista! ¡Un animal se había escapado! ¿Uno con la tripa blanca? ¿Sería Carloto?

Paco Papagayo y yo estuvimos toda la tarde escribiendo una lista con todos los animales del zoo y

llegamos a una conclusión clarísima: con la tripa blanca blanca… solo podía ser él, ¡el pingüino Carloto!

Fui a visitar a Carola para informarle de las últimas pesquisas.

Estuvo muy amable conmigo. Me invitó a merendar pescado, pero yo, como todo el mundo sabe, soy vegetariano. Le acepté un refresco muy muy helado.

Me llamó **RENO**, **RANO**, **RONI** y **RUNO**…, pero se lo perdoné. Parecía incapaz de decir bien mi nombre.

La verdad es que estaba muy ocupada llorando y haciendo pucheros mientras me contaba que, de sus **6** hijos, Carloto era el más peculiar. Se pasaba el día hablando del **MUNDO**, que si era así o asá, que si había cosas preciosas, que si el zoo era como una cárcel, que si los pingüinos deberían volver a los países fríos y vivir en libertad…

Una luz se encendió en mi cerebro. ¡Los libros! ¡El mundo! Ese loco se había ido a ver mundo. «¡Qué valiente es la juventud!», pensé, «y ¡qué inconsciente!».

No tuve más remedio que contarle mis sospechas. Los lloros se hicieron aún más fuertes:

—Ay, ay, ay, mi Carloto, Carlotín, ¡ha desaparecido!… Él solo ¡tan chiquitín!, y el mundo ¡tan enorme! Por favor, señor **RENO**, ¿no puede usted salir al mundo a buscarlo? ¡Usted es muy grande!

—¿**YOOOOOOOOOOOOOOOOOO?** —le contesté asustado.

Por primera vez en mi vida sentí que mi cuerpo no era lo suficientemente grande para una aventura tan peligrosa.

—No, yo no —le dije más calmado—, pero sé quién puede hacerlo. No se preocupe.

CAPÍTULO 5

¡SÍ, PAPÁ, SÍ, MAMÁ!

Salí de allí con un fuerte dolor de garganta. ¡Qué casa tan fría la de los pingüinos! Necesitaba con urgencia un baño de lodo bien calentito. Un baño de lodo calentito… y encontrar a mi ayudante, Paco.

En una hora Paco había reunido a su ejército. Es una manera de hablar. A todo su equipo de emergencia. Es decir, a ciento veinte pájaros, dispuestos a ayudar.

Les di las instrucciones de lo que tenían que hacer. Simplemente volar por toda la ciudad y buscar al insensato de Carloto. Y tenían que hacerlo rápido, ¡podría estar en peligro!

Fue hermoso ver a los ciento veinte pájaros de todos los colores remontar el vuelo ¡hacia el mundo! ¡Qué aventura!

Por un momento me entraron ganas de acompañarlos, pero vi mi parcelita recién limpiada, el montón de comida servida y el bañito preparado... y me acordé de mi madre, que siempre me decía:

—*«Rino, hijo, sé prudente»*.

Y de mi padre, que siempre añadía:

—*«Sé prudente, pero disfruta de la vida»*.

«Sí, papá..., sí, mamá», pensé.

Y me sumergí en mi baño de lodo. Era la caída de la tarde, mi hora preferida.

Cerré los ojos, dejé la mente en blanco… Todo era tan apacible…, pero ¿qué era ese ruidito? ¿Quién venía a molestarme? ¿Estaba escuchando un aleteo?

Entreabrí los ojos y toda mi felicidad se vino abajo. ¡Paco y el resto de los pájaros venían hacia mí!

—Esto…, Rino —me dijo Paco, avergonzado—, una cosa… Es que…, es que…, es que no me acuerdo de las instrucciones que me diste.

Por una vez di la razón a los humanos cuando dicen eso de: «tiene menos cerebro que un pajarillo».

Volví a recordar los consejos de mi padre:

—«Rino, si quieres algo, hijo, hazlo por ti mismo».

«¡Qué gran rinoceronte era mi padre y cuánta razón tenía!», pensé. Y decidí armarme de mucho mucho valor y enfrentarme yo solito a la situación.

Unos instantes después, atravesaba la puerta del zoológico y me disponía a buscar por mi cuenta.

Era la primera vez que salía del zoo, y mis sospechas de que el mundo era un sitio extraño y peligroso se confirmaron enseguida.

—¡¡¡Ahhhhhh, Dios mío, un rinoceronte andando por la calle!!! —gritó histérica una señora al verme.

—Pues ¿por dónde quiere que ande? ¿Por las farolas? ¿Por el cielo? ¡No sé volar! —le aclaré.

—¡¡¡Ahhhhhh, un rinoceronte que hablaaaaa!!! —chilló aún más alterada.

Opté por no contestar.

—«*Con los humanos nunca se sabe*» —era una de las frases preferidas de mi padre.

«Pues una cosa se sabe claramente, papá», pensé, «y es que si hay algo que no les gusta es ver a un rinoceronte por sus calles».

La señora había dado la voz de alarma y, a partir de entonces, mi excursión por la ciudad fue una constante huida.

¡Qué magnífico despliegue de vehículos con bocinas! ¡Bomberos, policías, ambulancias, tanques, camiones jaula, helicópteros! Y todos persiguiéndome para apresarme.

Empecé a correr y correr, sin saber dónde esconderme, metiéndome por callejones estrechos, avanzando en zigzag, hasta que, al dar la vuelta a una esquina, ¡un segundo helicóptero me salvó la vida!

Quiero decir que, no sé cómo, apareció otro helicóptero que chocó con el primero, y cayeron los dos sobre el coche de bomberos. Con el frenazo, la ambulancia también chocó contra ellos… y, bueno…, un buen lío.

Simplemente me alejé de allí, dejando atrás a mis perseguidores entre un tremendo ruido, un gran jaleo y un poquito de fuego.

CAPÍTULO 6

HOGAR, DULCE HOGAR

Sentado en un banco de un parque solitario, poco a poco fui recuperando el aliento.

Y con la tranquilidad, recordé también mi misión. ¡Pingüino Carloto! ¡Debía apresurarme! ¿Habría caído él en las garras de los humanos?

—No —me dije—, él es muy pequeño y, en cierto modo, se parece a los humanos, así que seguro que ha pasado desapercibido.

Entonces ¿dónde buscarlo?

Me concentré en pensar como un auténtico investigador-detective. Y llegué pronto a la conclusión de que como realmente tenía que pensar era como un auténtico pingüino.

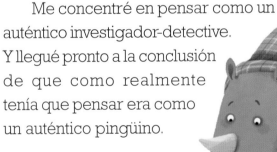

—Soy un pingüino, ¿en qué piensan los pingüinos? ¿En qué piensan los pingüinos? —empecé a repetirme—. Soy un pingüino. ¿Qué es lo que me gusta? —me preguntaba sin conseguir responderme.

En ese momento, el destino vino a ayudarme. Ante mí se paró un camión de reparto. En el lateral tenía rotulado un gran cartel:

Una idea resplandeció en mi mente.

—¡Te tengo! —exclamé para mis adentros—. A los pingüinos les encanta el frío… ¡La fábrica de helados!

Un buen detective no deja escapar una pista. Un buen detective observa, piensa, deduce y ¡actúa!

De un salto, me subí a la parte trasera de la camioneta, justo cuando el semáforo se ponía en verde y arrancaba.

Hacía mucho frío en ese camión, pero afortunadamente el viaje fue corto. Cuando aparcó frente a la fábrica, me bajé. Recordaba la reacción de la gente en la ciudad y decidí intentar pasar desapercibido en esta ocasión.

Me puse el traje de un operario, pero era tan estrecho y pequeño que apenas si me cubría los cuernos y poco más.

—Buenos días —le dije a uno de los trabajadores que removía la pasta del helado de fresa en un gran cubo.

—Buenos días —me contestó sin levantar la mirada.

—¿La cámara frigorífica? —le pregunté.

—Justo al final de la sala —en ese momento me miró—. Usted perdone, llevo tanto rato trabajando en lo mismo que, figúrese, me parece usted un rinoceronte. Creo que me voy a tomar un descanso... Veo visiones..., un rinoceronte hablando..., debo de tener fiebre.

—¿Yo? ¿Un rinoceronte? Sí, lo mejor es que se vaya a descansar un rato —le dije y, con naturalidad, me dirigí a la cámara frigorífica.

Abrí la puerta. El frío me sacudió los pelillos del hocico.

—¡Qué dura es la profesión de detective! —me dije.

Solo el recuerdo de las lágrimas de la *pingüina* Carola y mi promesa de encontrar a su hijo me hicieron seguir adelante.

Tiritando, rebusqué entre cajas y cajas de helados de todos los colores, hasta que me resbalé y caí sobre un cuerpo blando que se quejaba:

—¡Socorro! ¡Socorro! Se me ha caído encima un animal enorme.

Me incorporé y miré.

Saqué de mi bolsillo la foto de Carloto que me había dado su madre y la comparé con el animal que chillaba enfadado. No había duda. Allí estaba. Era él.

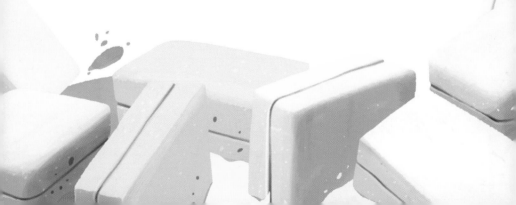

—¡Carlotooooo! —grité—. ¿Qué haces aquí?

—¿Y tú? —me contestó.

—¿Yoooo? —le respondí muy enfadado—. ¿Tienes la más remota idea de lo que he tenido que pasar para encontrarte?

—Yo, bueno, yo… es que…

—¡Encima con excusas! ¡Eres un descarado! —lo interrumpí—. Carola, tu madre, lleva días sin dormir y llorando por ti. Te lo vuelvo a preguntar: ¿QUÉ haces aquí?

Cuando me enfado tiemblan mis magníficos cuernos. Impresiona. Así que esta vez, con cara de arrepentimiento, y en voz muy bajita, me contestó:

—Yo…, yo salí a descubrir mundo y luego me perdí.

Empezó entonces a hacer pucheros y, llorando, me rogó:

—¿Usted no podría llevarme de vuelta a mi casa? ¡Por favor!

Ya lo he dicho. Si hay algo en el mundo que realmente me ablanda son los pucheros de los pingüinos. Tocan mi fibra sensible.

—Vamos, súbete, loco —le respondí.

Con Carloto a cuestas, me dispuse a emprender el regreso al hogar.

Para entretenerme durante el camino decidí charlar un rato con Carloto. Quizás a él le había ido mejor en su escapada.

—Bueno, y ¿qué opinión tienes del mundo?

—Es grande.

—Ya, claro, grande… pero ¿qué más?

Se quedó pensativo un rato y añadió:

—Caluroso.

—Grande, caluroso, sí…, pero ¿qué te ha parecido?

—Está lleno.

Me di por vencido. Carloto sería aventurero, pero desde luego no tenía dotes de narrador. ¡Vaya una descripción tan tonta! Lo dejé por imposible.

Me concentré en no perderme y llegar lo antes posible…, porque el mundo, además de grande, caluroso y lleno, me había resultado algo azaroso. Ya era de noche y la ciudad estaba solitaria y tranquila, pero ¡quién sabe si todavía escondía peligros!

Cuando, por fin, empujé la puerta del zoo, sentí la alegría de quien regresa al hogar y se siente a salvo, rodeado de cariño.

Me lo demostró Paco Papagayo, que había organizado una fiesta de recepción. Todos los animales —con el canguro Benito, la jirafa Pepa y un montón de pingüinos en primera fila— nos esperaban bajo una pancarta:

¡VIVA RINO DETECTIVE!

Me gustó el detalle.

Comí todo lo que pillé con aspecto de hierba y me retiré sigilosamente a descansar. Demasiadas emociones para un solo día.

A la mañana siguiente me di una vuelta por el zoo.

Avancé por la avenida principal, con Paco Papagayo sobre mi hombro. ¡Hasta los cocodrilos se despertaron para saludarme! No había duda, mi aventura por el mundo había causado admiración.

Al llegar a la zona helada, vi que se habían reunido todos los pingüinos en un corro muy apretujado alrededor de Carloto.

Permanecían todos callados, escuchándolo, y solo se oía de vez en cuando:

—¡OHHHHHH!

—¡AHHHHHH!

—¡Qué bonito!

—¿Síííííííí?

Parecían entusiasmados.

«Es que los pingüinos han visto muy poco mundo y se quedan admirados fácilmente», me dije.

En esos pensamientos estaba cuando Carola se me acercó con lágrimas en los ojos y me repitió emocionada:

—Le estaré eternamente agradecida, amigo **RONI**.

—Rino.

—Eso, **RENO**.

—Rino.

—Pues es lo que estoy diciendo, señor **RANACERONTE**.

Era imposible. Para Carola yo podía ser cualquier cosa, menos Rino. No sé cómo será en el exterior, pero en mi pequeño mundo hay algunas cosas que no tienen solución. Es algo que aprendí con este caso.

Aprendí eso y…, bueno, tengo que confesarlo, había descubierto ¡que el mundo fuera del zoo era realmente sorprendente!

¡Qué rascacielos más impresionantes! ¡Qué parque tan bonito! ¡Qué niños tan alegres! ¡Qué tiendas tan variadas! ¡Qué maravilloso olor a pan recién hecho!

Se lo confesé a Paco Papagayo, en voz baja y mirando cuidadosamente a mi alrededor, no fuera que me escuchara algún otro pingüino aventurero. El mundo, sí, es verdad, es emocionante, pero yo prefería conocerlo leyendo libros.

RINOCERONTE

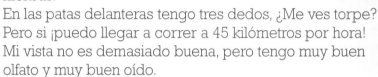

¿Sabes que puedo llegar a medir cuatro metros de largo y dos metros de alto?
Y peso más de tres toneladas.
Soy herbívoro…, es decir, solo como hierbas.
En las patas delanteras tengo tres dedos, ¿Me ves torpe?
Pero si ¡puedo llegar a correr a 45 kilómetros por hora!
Mi vista no es demasiado buena, pero tengo muy buen olfato y muy buen oído.
Me embadurno de lodo para protegerme del sol.
Mi piel es muy gruesa. Por más que quieren picarme los mosquitos e insectos ¡no pueden conmigo!
Los rinocerontes de Sumatra y África tenemos dos cuernos y los de Java y la India, solo un cuerno. Sí, los cuernos nos dan un aire magnífico… ¡Son la envidia de muchos!

PAPAGAYO

Soy un pájaro muy bromista, me gusta repetir las palabras que dices.
Puedo llegar a alcanzar un vocabulario de más de 50 palabras.
Me llaman también loro.
¿Dónde vivo? En las zonas tropicales; en general donde hace calorcito.
Estoy en peligro de extinción. ¡Cuídame!
Tengo un plumaje de vivos colores y una larga cola.
Me alimento de semillas y frutos. ¿Una cáscara dura?
Con mi fuerte pico curvo y grueso no tendré problema.
Soy capaz de volar hasta 50 kilómetros sin parar.

PINGÜINO

Vivo en las zonas más frías de la Tierra.
Soy un pájaro, pero utilizo las alas solo para
nadar.
A mí y a mis amigos nos encanta vivir
en grupo… y si sopla el viento helado,
formamos, muy apretujados, un círculo para darnos calor.
En verano, para refrescarme, hago agujeros en el suelo
para estar fresquito.
Me encanta comer peces. Los pesco lanzándome bajo el
agua a toda velocidad.
Mis vecinos son las orcas, focas, albatros, ballenas y
elefantes marinos.
¿Mi deporte favorito?: ¡Deslizarme sobre el vientre por el
terreno helado!

CANGURO

¡Boing! ¡Boing! Vengo desde Australia saltando sobre mis
dos grandes patas traseras para presentarme.
Soy generalmente alto y con una larga cola, que a veces
apoyo como si fuera un tercer pie. Mis patitas delanteras,
en cambio, son pequeñas. ¡Nadie es perfecto!
En mi vientre tengo una bolsa (sí, una bolsa)
que se llama marsupio. En ella guardo
a mis crías, que se refugian ahí porque
al nacer son diminutas y necesitan irse
formando.
Vivo de quince a veinte años, en manadas.
Soy herbívoro y de hábitos normalmente
nocturnos. El día está para dormir, ¿no?
Bueno, suficiente como introducción, me
voy saltando otra vez. ¡Boing! ¡Boing!

JIRAFA

¿Queréis saber cuál es el
animal más alto que existe?
No penséis más, ¡soy yo!
Puedo medir casi seis metros de
altura, pero tranquilos, no tengo
vértigo, estoy acostumbrada.
Gracias a mi laaaaargo cuello,
puedo llegar a comer las hojas
más altas y tiernas de los
árboles, que atrapo con mi
laaaaaarga lengua.

Habito en las sabanas africanas, en grupos de veinte.
Son característicos mis dos pequeños cuernecillos
en la cabecita y mi pelaje de manchas pardas y
amarillas.
Soy rumiante, por eso parece que siempre estoy
moviendo la boca, y tengo cuatro estómagos.
¿Vosotros solo uno? Bueno, yo necesito cuatro
porque mis digestiones son algo pesadas.
Casi nunca duermo, estoy siempre alerta, de pie.
¿Será que es muy difícil encontrar un buen lecho
para mi estatura?